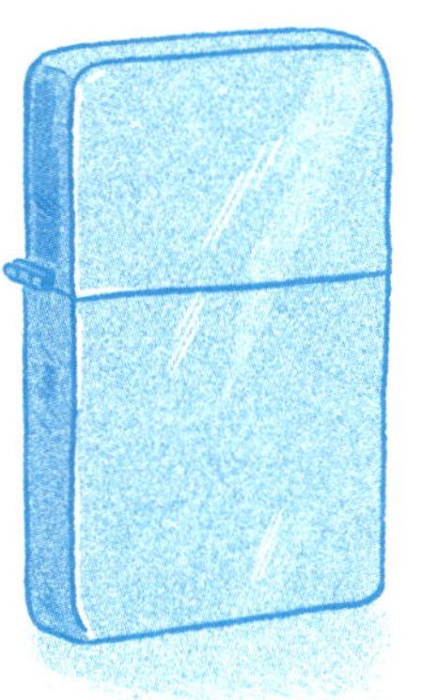

U0840751

图书在版编目（CIP）数据

磁：石头的沉默 /（法）卢卡·阿拉里编绘；谢昱译. -- 成都：四川文艺出版社，2021.7

ISBN 978-7-5411-5957-2

Ⅰ. Ⅰ. ①磁… Ⅱ. ①卢… ②谢… Ⅲ. ①儿童故事—图画故事—法国—现代 Ⅳ. ① I565.85

中国版本图书馆 CIP 数据核字 (2021) 第 047022 号

CI: SHITOU DE CHENMO

磁：石头的沉默

［法］卢卡·阿拉里 编绘
谢 昱 译

出品人	张庆宁
选题策划	后浪出版公司
出版统筹	吴兴元
责任编辑	王梓画
特约编辑	吕俊君
责任校对	汪 平
装帧制造	墨白空间·王 莹
营销推广	ONEBOOK
出版发行	四川文艺出版社（成都市槐树街 2 号）
网 址	www.scwys.com
电 话	028-86259287（发行部） 028-86259303（编辑部）
传 真	028-86259306
邮购地址	成都市槐树街 2 号四川文艺出版社邮购部 610031
印 刷	北京盛通印刷股份有限公司
成品尺寸	215mm × 275mm
开 本	16 开
印 张	9.5　　字 数 190 千字
版 次	2021 年 7 月第一版　　印 次 2021 年 7 月第一次印刷
书 号	ISBN 978-7-5411-5957-2
定 价	138.00 元

作者简介

卢卡·阿拉里（Lucas Harari），漫画家、插画家，法国艺术界的新锐之星。他父母都是建筑师，两个哥哥分别是著名的演员、导演和摄影师、作曲家，他本人短暂地学习建筑后转学装饰艺术，但更对漫画情有独钟。本书是他的第一部个人作品，甫一出版即大受欢迎，被翻译成多种语言出版。

译者简介

谢昱，本科毕业于外交学院法语系，后两度留学法国，获得双硕士学位。现长居欧洲，为自由译者，已出版《坏狐狸》《蓟与玫瑰》《悬停的爱》等多部译作。

欢迎关注后浪漫微信公众号：hinabookbd
欢迎漫画编剧（创意、故事）、绘手、翻译投稿 manhua@hinabook.com

筹划出版｜后浪出版公司

出版统筹｜吴兴元
责任编辑｜王梓画
特约编辑｜吕俊君
责任校对｜汪　平
封面设计｜墨白空间·王莹｜mobai@hinabook.com
后浪微博｜@后浪图书
读者服务｜reader@hinabook.com 188-1142-1266
投稿服务｜onebook@hinabook.com 133-6631-2326
直销服务｜buy@hinabook.com 133-6657-3072

后浪

磁 L'AIMANT

石头的沉默

[法]卢卡·阿拉里 编绘 谢昱 译

四川文艺出版社

在整件事真正吸引我之前，我父亲就多次跟我说起过皮埃尔……那时候，他只是我父亲众多学生中的一个，正在写博士论文，研究瓦尔斯温泉浴场——就是瑞士建筑师彼得·卒姆托设计的那座著名建筑。

我父亲之所以跟我谈起皮埃尔，是因为他知道我对这座建筑有特殊的兴趣，我们父子俩也曾一起参观过那里。

不过我父亲也已经有很长时间没有提过皮埃尔了……

Mr HYDE PARIS

FABRICANT*

……直到2013年11月的某一天。

*巴黎海德先生 制造

女士们，先生们，
你们就是我的诺亚
方舟！
一杯咖啡，谢谢。
给。
皮埃尔？！
是您呀，哈拉里先生！
您好吗？
很好，你呢？你在
这里做什么？
酒吧招待
呗……不过
是临时的……
我去那边坐……
也没什么客人，你过
来和我聊聊吧……

怎么样，皮埃尔，近况如何？
你一下子就音讯全无……
学校的人都很
担心你。
对不起。我……
我身体出了些
问题……
唉……听你这么一说
还真是，我一开始都
没认出你来。
你好像瘦了不少。
现在好多了。
那你的论文呢？
我记得很清楚，你在研究卒姆托
的温泉浴场……有些异想天开，
不过很有意思……
我经历了
一场精神错乱……

一天晚上，我正在写论文……那时已经写了大概几百页吧……
我就像被鬼魂附体了一样……根本停不下来。我深切意识到我全都弄懂了，完完全全看透了那座建筑的秘密。
我感到一切都有了！我发疯般地写……把烟头直接踩灭在镶木地板上……我……就像着了魔……
然后……
噗哩
我把论文全部毁了。
咔啦
我也记不清了，反正第二天，再也找不到我的文件了。

可你怎么什么也没说呀？
我有你的资料副本啊……
我知道，可是
随后的几个月都
是麻烦不断……
不过现在
好多了。
我又重新
开始写作了。
不过这次写的不再是大学的论文，
也不是为了学位。
啊，是吗？
有机会发给我，我很想一睹为快。
好……
我得走了，
我还有个约。
皮埃尔，
我很高兴再见到你。
你可要保重身体！
我要去了，老师！
什么？
去哪儿？
瓦尔斯！
我下个月
就出发，去瓦尔斯。

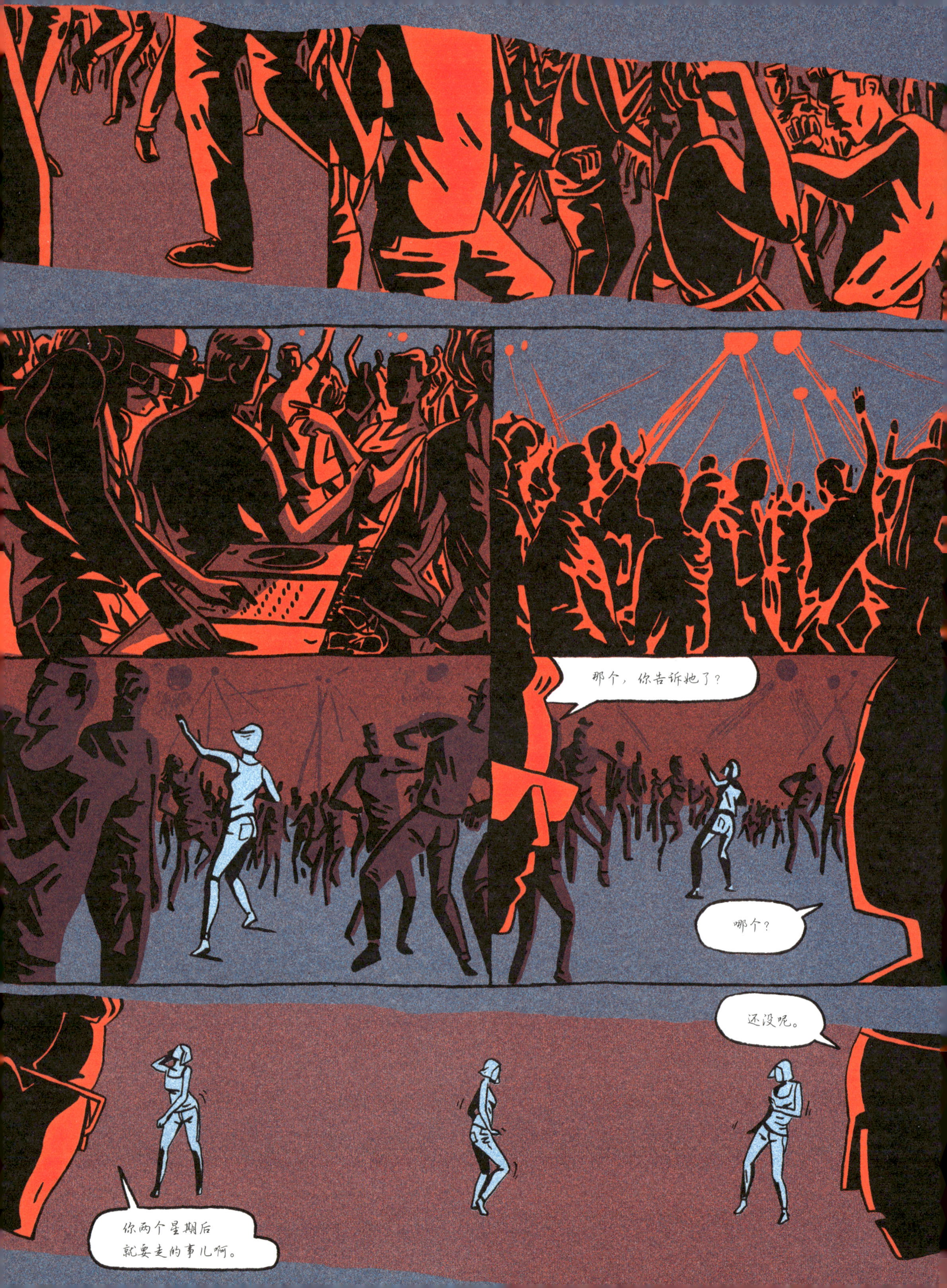
那个，你告诉她了？
哪个？
还没呢。
你两个星期后
就要走的事儿啊。

小子也太不像话了吧！
你不懂就别瞎嚷嚷。我们最近正在闹点小别扭……
不会吧！就女人这点事儿，你也能搞得一团糟……
先说说你自己吧……一个星期换一个女朋友，还有脸说我！
那是因为我没遇到一个像露西那样的女孩儿。
是吗？……你别忘了，咱们俩可是一起遇到露西的……
说回来……
如果你们"正在闹点小别扭"……
而且你两个星期后就要走了……
那又如何？你想说什么？
呃，等你到了你的山上，露西总需要一个忠诚的朋友来照顾她吧……
哥们儿，你这……
嘿！
看着点儿！
哦，对不起……
你去哪儿？
没事儿，就是出去透透气。
喝高了？
你才高了呢。我抽根烟行不行？

Hybris Club*
* 伊布里斯俱乐部

一瓶啤酒，
谢谢！

对不起
对不起
对不起
（德语）查票啦，谢谢。
（德语）您买的是二等车厢的票！
（德语）您现在所在的是一等车厢。
啊，好的……对不起。我这就换座位……

TATOU
哐当
TATOU
哐当
TATOU
哐当
TATOU
哐当
FLOOOOO
呼呜呜
叭

嗒
下一站：
伊兰茨!!
ILANZ
ILANZ
伊兰茨！
停车两分钟!!

* 瓦尔斯

** 出口

* 蒙道恩酒吧

* 本页中其他对话用的都是德语。

这样啊！
我是克里斯蒂昂。
哈 哈 哈 哈 哈 哈 哈 哈 哈 哈 哈 哈
别在意，什么都
能让他们大笑一场。
皮埃尔！
那好，皮埃尔，
有什么需要我效劳的？
我想坐公共汽车去瓦尔斯，
可是我看不懂站牌上写的
是什么。
可惜，你错过了最后一
班车……汽车司机正在
你身后傻笑呢。
（德语）我敢
打赌：他会让
那人给他买杯
啤酒。

有其他
办法到那里吗？
办法倒是有
一个……
它呀，就在你面前！
您吗？
因为我也要去瓦尔
斯……我可以开
车带你过去！
这是命运的
安排……
真的吗？！
当然是真的！
不过你得先给我买杯酒。

* 鲍勃·迪伦《北国女孩》（*Girl from the North Country*），出自1963年的专辑《随心所欲的鲍勃·迪伦》（*The Freewheeling Bob Dylan*）。歌词大意：如果你从北国市集经过，那里的狂风刮着边界。代我向一个人问好，她曾是我的真爱之人。假如你去时大雪纷飞……

呃……
不算是吧……我是
研究卒姆托的建筑的……
哦，这样啊，
那你是建筑师喽？！
我是学生。曾经是，
辍学了……
你呢，你是
做什么的？
我是农场主……
我有牛、羊、牧场，
也做奶酪。
你是在瓦尔斯
出生的？
是的，而且
我一直住在这儿！
那卒姆托改造前的
温泉浴场是个什么样子？

不知道。
早在我出生前温泉浴场就被拆了。后来那个地方被改建成一家酒店。那时候只有一个游泳池。我还有1968年的照片呢。
再后来，酒店几度破产……其中一个业主把泉水装瓶出售——Valser*！不久后，酒店又被转卖了。下一个，建了一个室外游泳池，破产了！再下一个，大打广告，还是破产！到了80年代，市政府买下了酒店和温泉，请卒姆托来设计，这才有了如今的温泉浴场。
我对60年代修建酒店的事还有些印象……我小时候，小朋友们就在温泉边上玩，我的几个表兄弟拿我寻开心，用“Der Mund des Berges”那个传说来吓唬我……哈哈，我那时多天真呀……

*矿泉水名，意为“河谷”。

"Der Mund des Berges"！意思就是"大山的嘴"。你此前居然从来都没有听说过那个传说？
没有，从没听说过。
Der……
Der什么？什么传说？
据说在瓦尔斯温泉的源头有个洞穴，进去后，有条路可以直达大山的心脏……每一百年，大山就会挑选一个外国人，把他引到嘴边，然后……一口吞下！
哇哦！那个源头在哪里？
就在温泉浴场的正中心。
见鬼！
?!

呼——
你还好吗，皮埃尔？
没磕到吧？
没事。这家伙
可真够危险的……
BIIIIP
嘟
BIIIIP
嘟
只差一点点，
咱们就直飞谷底
去了……
幸亏大转弯
后面的车道
变宽了！
BIIIIP
嘟
BIIIIP
嘟
嗨！
他现在冲我
按喇叭干什么？！
“嘟嘟嘟……”
你在车里等着，
我去看看他想搞什么。

“大山的嘴”
……

好了，
咱们走！
他是什么人？
跟你一样，
是个法国游客。
他自己防滑链装不好，
叫我帮了个忙。

到了！
Vals*
VALSER
你看，那就是
Valser矿泉水
的灌装厂……
好了，皮埃尔，
你就在这儿下车吧。
沿着这条路走，
路尽头就是酒店的大门。
谢谢你，
克里斯蒂昂！
你需要什么的话，
尽管开口，别客气！
我的农场就在河对岸。
村子最里头的那栋房子……

* 瓦尔斯

* 加油站

有打火机油吗？

Hotel Therme

欢迎光临！
……对不起，今天不行了，温泉浴场已经关闭……
我们明天早上7点就开门。
这是本浴场的宣传册，上面有开放时间……
请跟我来，我带您去您的房间。

咔吧

第二天早上。
……一条浴巾，
一件浴袍……
更衣室里
有衣物柜。
提醒您
一句：本
温泉浴场内
禁止使用
照相机。
可以画画吗？
您用照相机画画吗？
入口在
这边……
呃……好，
对不起……
您小心，
地面很滑……
吱溜
ZIIIIP
哎呦……对不起，
地板刚擦过……
您没事吧？
没事，没事，
谢谢！
喂！
您掉了
个……
东西。
?!

* 哎呀

?
您的画功
让我大开眼界。
能让我
看一眼吗？
呃……可以。
菲利普·瓦勒雷，
幸会！
菲利普·瓦勒雷！
就是那个瓦勒雷？！
我想是的。
至少我还没听说过
有同名同姓的……
太巧了！我
读过您关于温泉
城市的所有作品！
哦，是吗？
我们以前在哪里
见过吗？
呃……应该没见过……
不然我会记得的。

奇怪呀，我肯定以前在哪里见过您！
您叫什么名字来着？
我还没……皮埃尔……我叫皮埃尔。
请等一下！瓦勒雷先生……
嗯？
您还没有把笔记本还给我……
那好，皮埃尔，我愿您度过一个愉快的夜晚……

第二天。
?!

不可能！

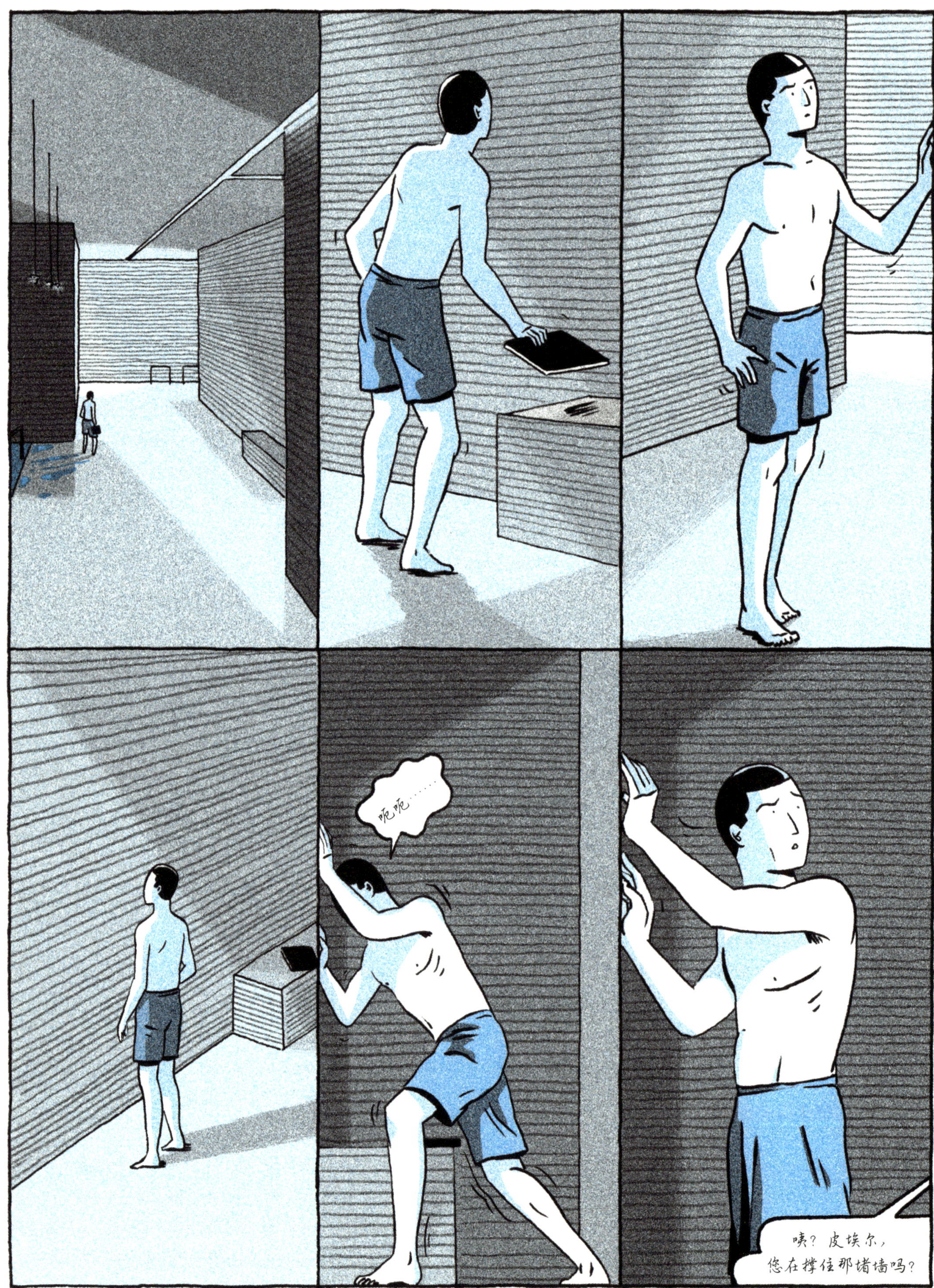
呃呃……
咦？皮埃尔，
您在撑住那堵墙吗？

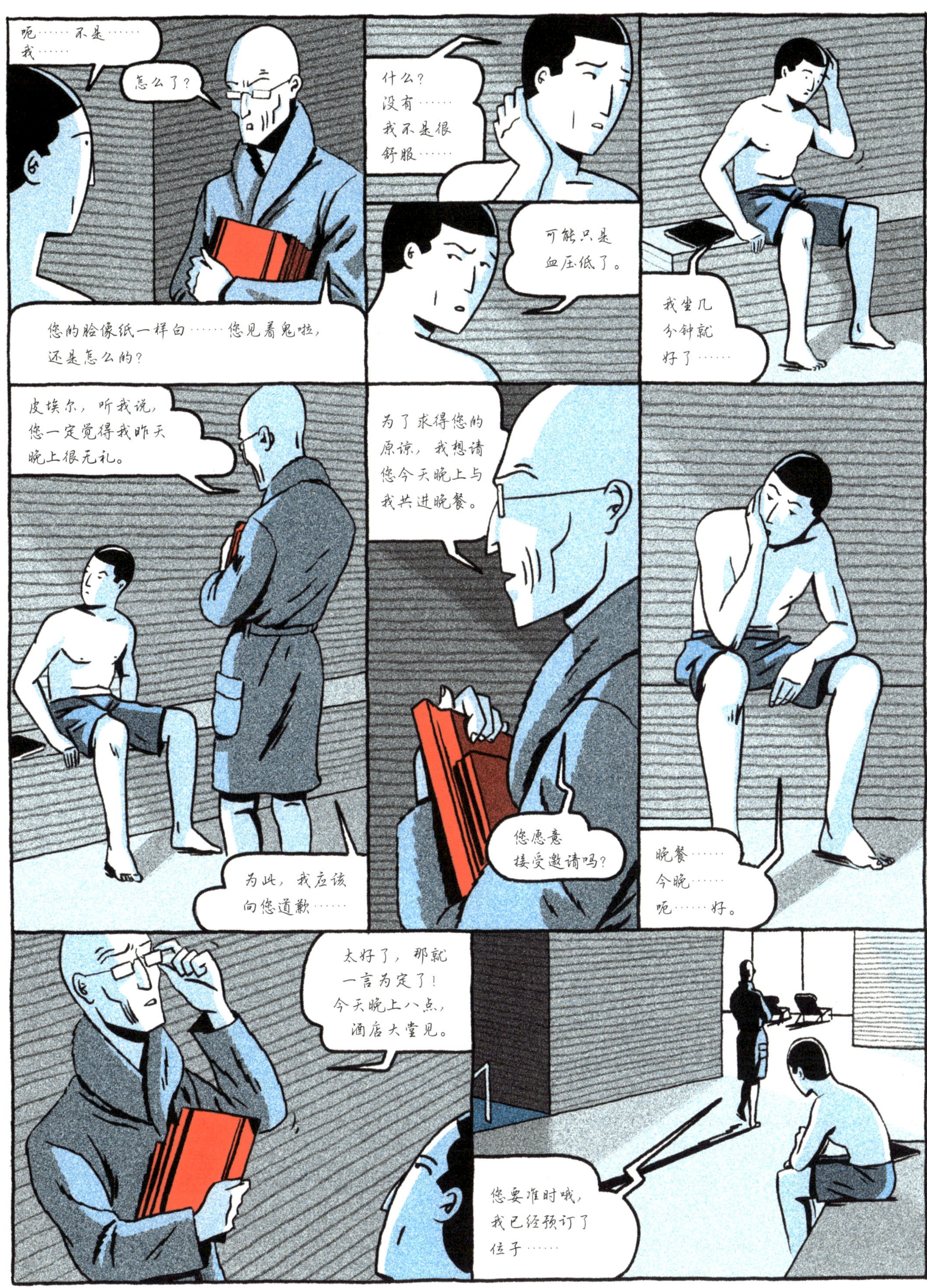
呃……不是……
我……
怎么了？
您的脸像纸一样白……您见着鬼啦，
还是怎么的？
什么？
没有……
我不是很
舒服……
可能只是
血压低了。
我坐几
分钟就
好了……
皮埃尔，听我说，
您一定觉得我昨天
晚上很无礼。
为此，我应该
向您道歉……
为了求得您的
原谅，我想请
您今天晚上与
我共进晚餐。
您愿意
接受邀请吗？
晚餐……
今晚……
呃……好。
太好了，那就
一言为定了！
今天晚上八点，
酒店大堂见。
您要准时哦，
我已经预订了
位子……

当天晚上。
您上次说您看过我写的所有的书？
是啊，那是为了写我的论文……我在巴黎修过建筑学。
您也对温泉城市感兴趣？
呃，应该说是对瓦尔斯感兴趣。
这么说，您的论文是关于瓦尔斯的喽？
是。
我很想拜读一下您的论文。
可惜，已经不可能了。
说来话长，简单说就是，我所有的研究资料都丢失了……
此话怎讲？

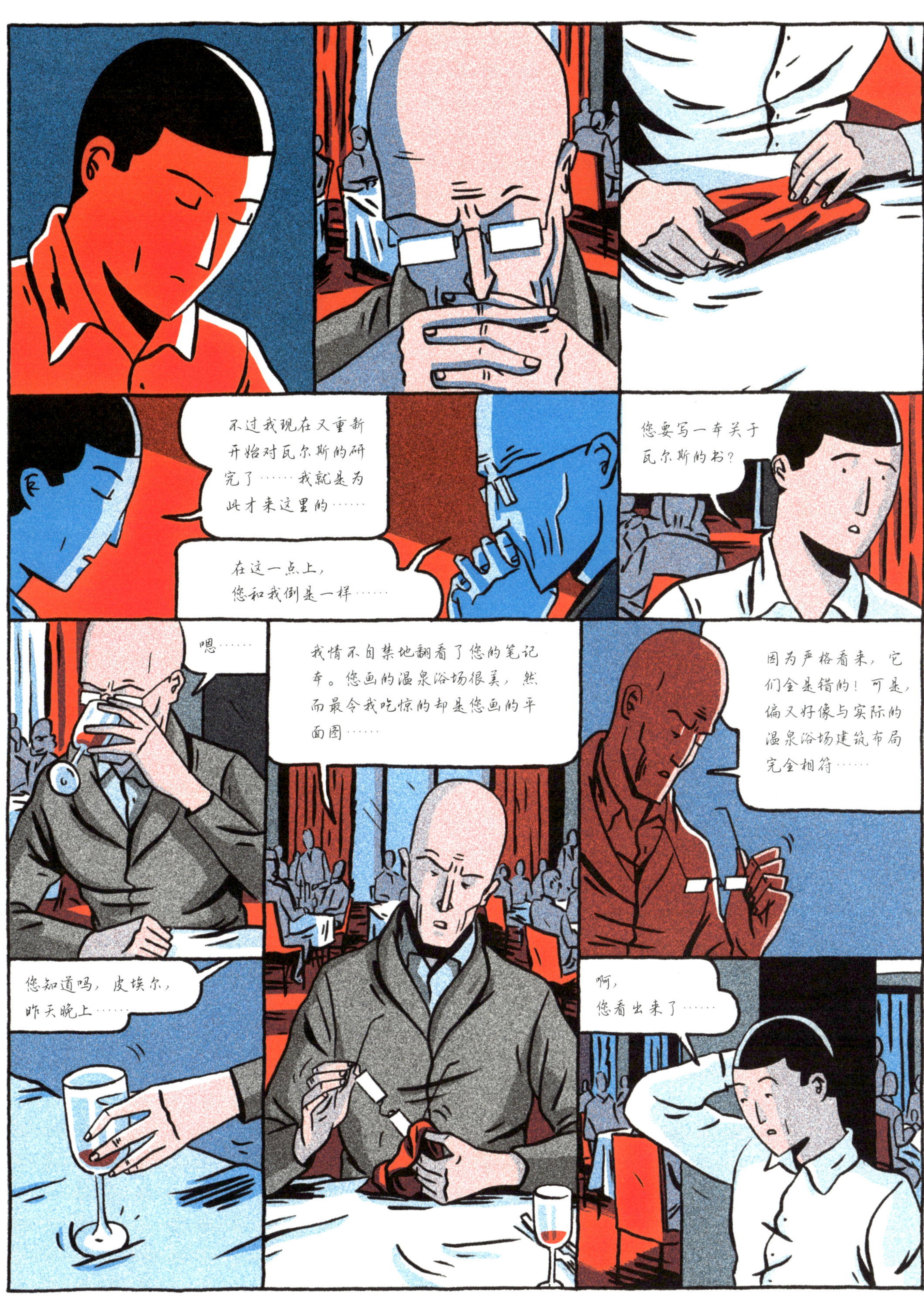
不过我现在又重新开始对瓦尔斯的研究了……我就是为此才来这里的……
在这一点上，您和我倒是一样……
您要写一本关于瓦尔斯的书？
嗯……
我情不自禁地翻看了您的笔记本。您画的温泉浴场很美，然而最令我吃惊的却是您画的平面图……
因为严格看来，它们全是错的！可是，偏又好像与实际的温泉浴场建筑布局完全相符……
您知道吗，皮埃尔，昨天晚上……
啊，您看出来了……

我们……不如说那是一种诠释……
诠释？啊哈！这么说，您研究的目的就是诠释温泉建筑喽？
说明这座建筑物原本该呈现的样子？
是，或者说……是它可能变成的样子……
对不起，我没明白！
我也说不清楚。其实没什么，这一切只是一个假设……
那就请您解释一下……您说，我听。
其实也没什么，只是一些想法而已……并没有深思熟虑，您知道……
可我说过了，我很感兴趣……
不，真的，那不过是……
该死！倒是说呀！我要知道！

哦！
好了……
对不起，
我失礼了。
皮埃尔啊，我有时候言行比较粗鲁……
拿着……结账用……您自己享用晚餐吧……

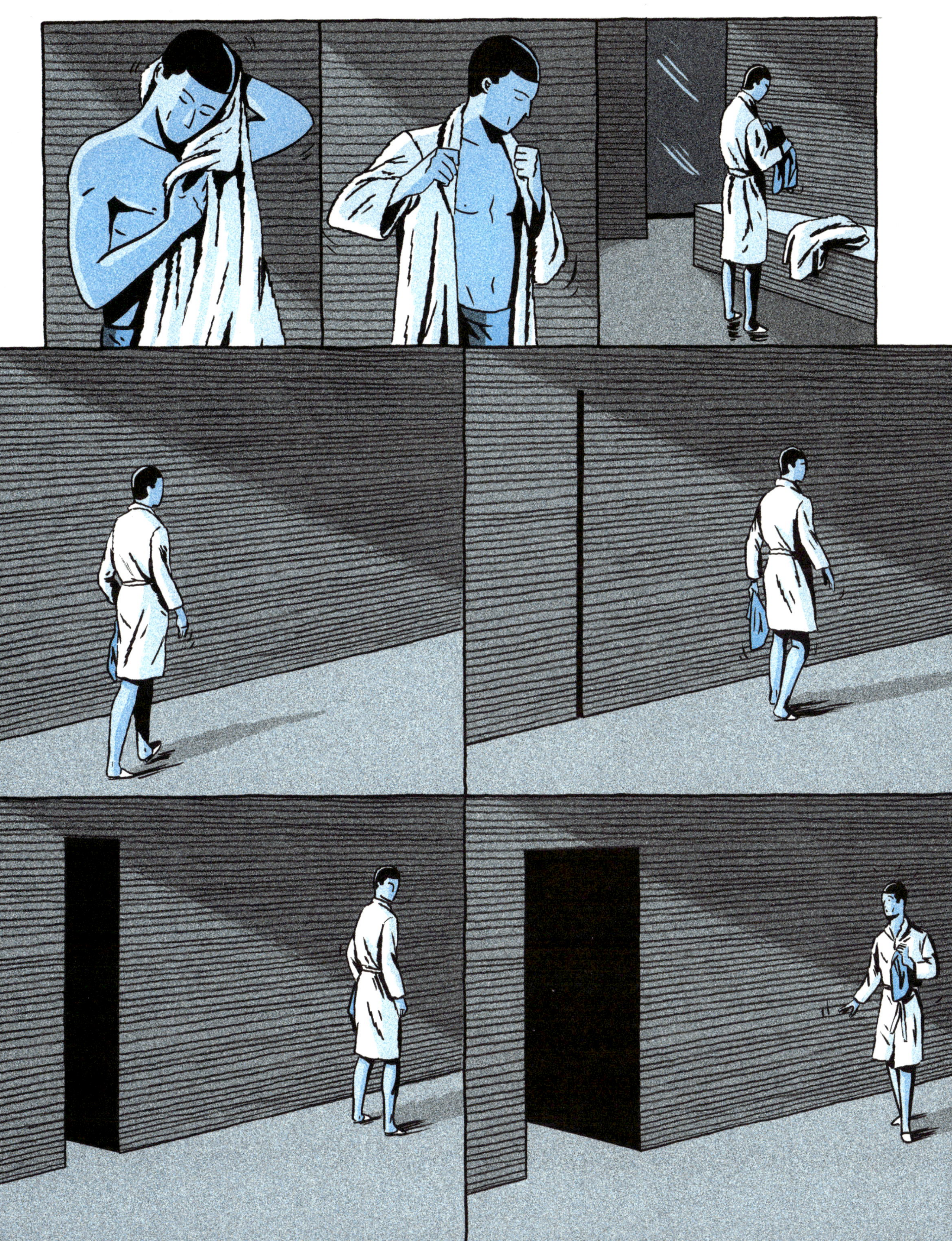

CRRRRR

嗒

BLAM
嘭！
嗒
哦，是猫啊……
喵呜
是什么……
是你弄出了这么大的响动吗？
?
皮埃尔！

天哪，你都冻僵了！
玛尔塔，快来帮忙！
怎么回事啊，克里斯蒂昂？这小伙子是谁？
皮埃尔，那个法国人……
der Mund des Berges...*
什么？！
Der Mund des Berges...
老天呀，你在说胡话呢……
嗯，他发高烧了！
帮帮我，咱们把他抬到最里面的那个房间去。
唉，这个可怜的小家伙，怎么把自己弄成这样了？
先让他睡一觉吧。
……等他醒了再说……
Der Mund des Berges...
der Mund des Berges...der Mund
des Berges...

* 大山的嘴。

T-1824

哦，
他醒了！
克里斯蒂昂！
克里斯……
克里斯蒂昂，那个
小伙子醒了！

唔，咱们的小伙子
好多了嘛……
你睡了整整三天……
可把我们吓坏了！
克里斯蒂昂，
对不起……
现在跟我说说吧，到底发生了
什么事？你怎么会半夜穿着
浴袍跑到我这里来了？
我……我也说不清楚……我当时在温泉浴场，有一扇门
突然打开了……我走了进去……然后就什么也
不知道了。我醒来的时候已经在外面了。
我知道，这听上去太……你
肯定以为我疯了……

你拿它干什么？为什么
把它取下来了？
呃……我想知道……它是什么，
从哪里来的……这就是你跟我说过
的那个传说——Der Mund des Berges，
是吗？
咱们这位游客的好奇心
挺重啊……
嗨，得了……
你要是身体吃得消，
我带你出去转转！

皮埃尔，能问你个问题吗？你可一定要如实回答呀。
你觉得我这条背带裤太紧身了吗？
什么？呃，不，一点儿都不紧……
哈，我就说嘛……
玛尔塔总是没完没了地拿这事儿烦我！
来，再加把劲儿！
我们这就到了……
啊，烟囱里冒着烟呢，他应该在家！
真的有人……
住在这种地方吗？
说什么呢！

你待在这儿等我，
他这人啊，有时候很暴躁……
泰斯提斯？是我，
克里斯蒂昂！
你在家吗？
我进来了，
行吗？
泰斯提斯？
你是谁？！
你！你在这里
干什么？！！

克里斯蒂昂！
泰斯提斯，是我，是克里斯蒂昂！
看看这个可怜的小伙子，
被你吓坏了！
放松点，老伙计！
克里斯蒂昂，是你吗？
当然是我了，除了我，
还有谁会爬到你这儿来？！
你也是，慢慢来……

PAN
砰
嗵
啊！
谁让你碰我那些石头了？小子！
别急，老伙计，他是和我一起来的。
对……
对不起……
是个好孩子，没有恶意。
我管他是不是好孩子！
你告诉他，别碰我那些石头，最好什么都别碰！

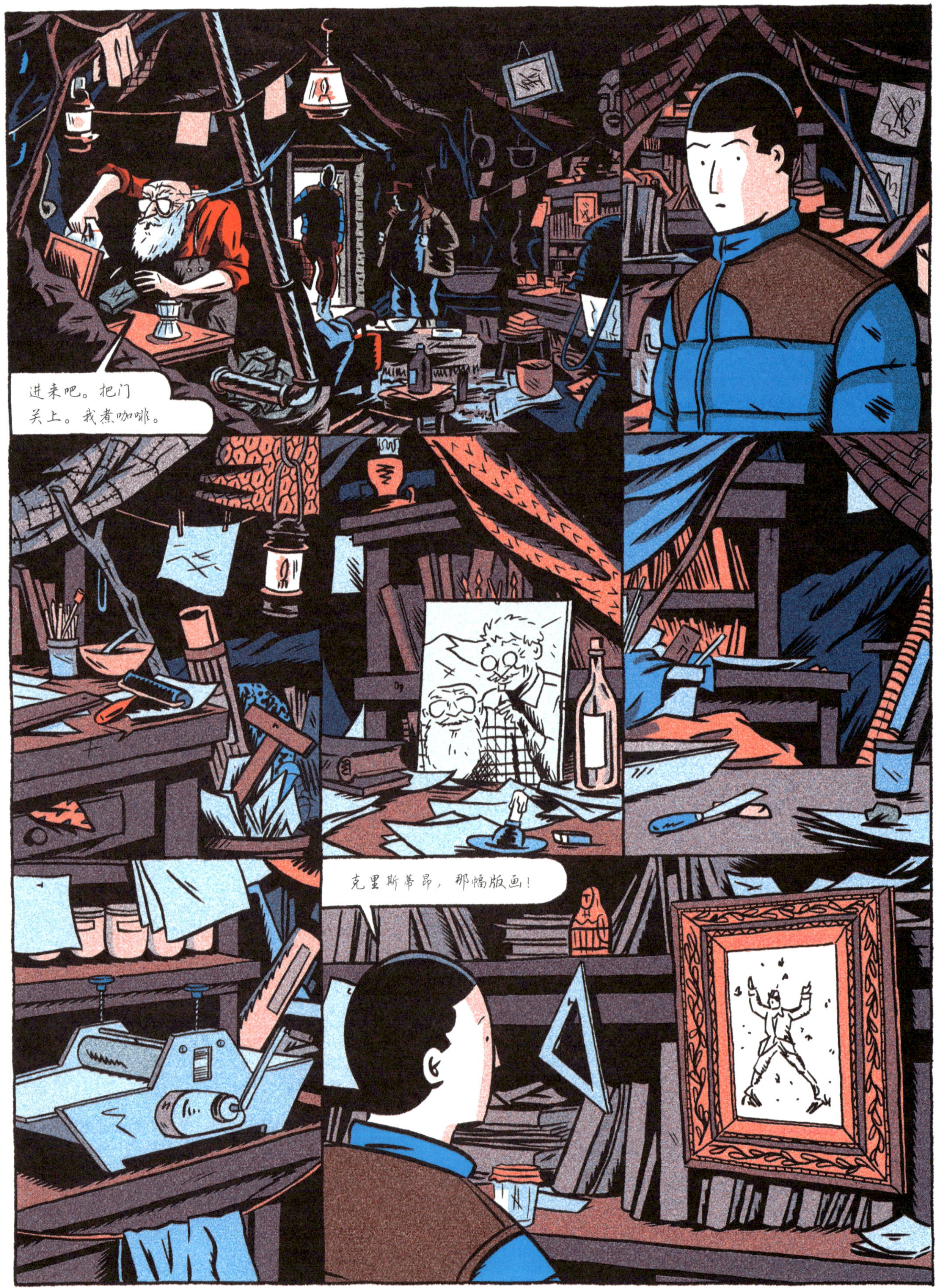
进来吧。把门
关上。我煮咖啡。
克里斯蒂昂，那幅版画！

是的，是同一幅，
你没看错……
您的……您的杰作？
哦，那个！那是我的杰作！
是呀……
是您画的？！可上面的
日期是1924年啊！
……这是谦虚的说法。
嗯，没错，我只不过是
显得年轻……
皮埃尔对瓦尔斯和
它的历史很感兴趣，
他在搞研究……
我给他讲了那个
传说，可是……
我还要跟你重复多少遍呀，克里斯蒂昂？！没有
什么传说，那件事千真万确……我看见他了，
就像我现在看见你一样！
哈哈，我说，你那时候是不是
眼神儿就已经像鼹鼠一样不好了？

对不起……可您到底
看见什么了？
克里斯蒂昂，我挺喜欢你的，
可你不要再为了这事儿惹我了！
版画上的场景，泰斯提斯坚持说
是他亲眼看见的。
那当然啦！外面那些人都说我是个疯子，
可我知道自己看见了什么！
那是在1914年，我才十岁……
你稍微算算就知道我现在已经很老
了，可能是你见过的最老的人了
吧……新鲜空气对身体大有益处！
咱们还是言归正传，那时候
我十岁。我从那会儿到现在一直住
在瓦尔斯……可想而知，那时候
的温泉浴场和现在大为不同，可也
已经不再是十九世纪时的疗养圣地
了……
那时战争刚刚爆发，整个欧洲即将陷入长达
四年的恐怖之中，而瑞士已经宣布保持中立……

很快，交战双方都有士兵跑到瑞士避战，偏远如瓦尔斯也迎来了逃兵：一天上午，村里来了一个法国士兵，他走了几天几夜才越过大山，已经累得半死……
我父母不顾全村人的反对把他收留在我们的农庄里。那时候，我们都是普普通通的农民，为我们的牧场、大山而感到骄傲，尤其是我们的温泉，它已经成为我们的信仰，甚至是迷信对象了。
我呢，我在瓦尔斯的生活很无聊，自然而然地就对这个外国人非常好奇，对我来说，他代表着外面的世界和冒险。他无论去哪儿我都跟着，他刚开始并不知道，不过很快就接纳了我。我们一起长时间地散步。他教我法语和许多其他东西，音乐、艺术、哲学……我非常感激他。

一天夜里，外国人企图进入温泉。村民拦住他不让进。我被争吵声惊醒，循声跑了过去。
我赶到的时候，已经出事了：在斗殴中，一个村民摔倒，头磕在石头上，流血不止。
外国人转身逃跑，一大群愤怒的村民追了上去。至于我，在一贯的好奇心和对他的好感的驱使下，也跟了过去。
闹腾了半夜，村民们因为害怕摔进山沟里，终于掉头回去了……
那个外国人就站在谷底。我从藏身之处出来，想走到他身边，告诉他可以放心了。他可能误以为是村民们攻过来了，向天伸出双臂，神态庄严……

他周围所有的石头都开始颤动，一块块从地面上腾起，围着他旋转，一切宛如神迹……
年少的我呆立在原地，不敢相信自己的眼睛……
然后，随着一声震耳欲聋的爆裂声，大地摇晃起来，巨石从山上滚落，砸起厚厚的尘土。等到尘埃落定，那个外国人已经消失不见了……

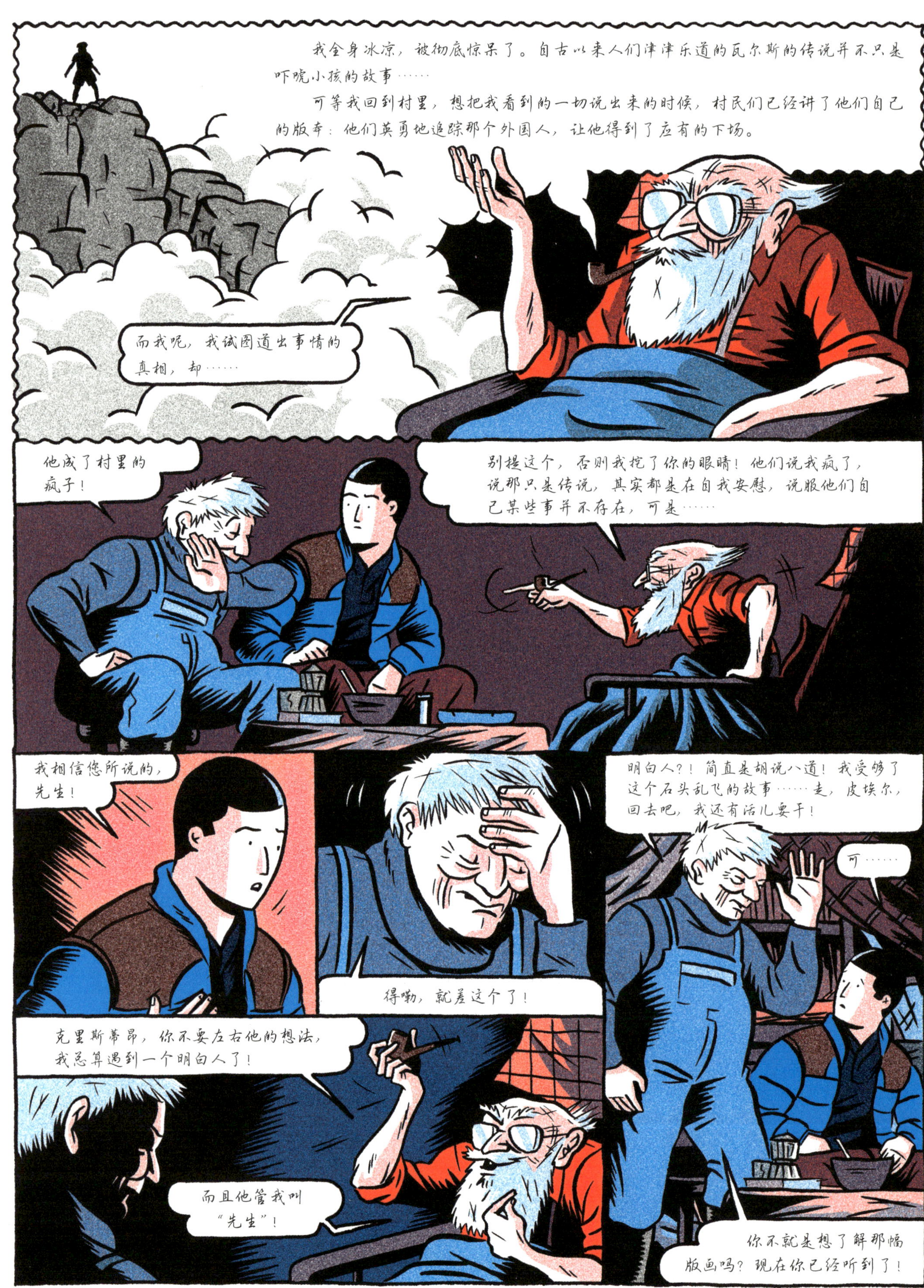
我全身冰凉，被彻底惊呆了。自古以来人们津津乐道的瓦尔斯的传说并不只是吓唬小孩的故事……
可等我回到村里，想把我看到的一切说出来的时候，村民们已经讲了他们自己的版本：他们英勇地追踪那个外国人，让他得到了应有的下场。
而我呢，我试图道出事情的真相，却……
他成了村里的疯子！
别提这个，否则我挖了你的眼睛！他们说我疯了，说那只是传说，其实都是在自我安慰，说服他们自己某些事并不存在，可是……
我相信您所说的，先生！
得嘞，就差这个了！
明白人？！简直是胡说八道！我受够了这个石头乱飞的故事……走，皮埃尔，回去吧，我还有活儿要干！
可……
克里斯蒂昂，你不要左右他的想法，我总算遇到一个明白人了！
而且他管我叫“先生”！
你不就是想了解那幅版画吗？现在你已经听到了！

回头见，泰斯提斯！
下回我给你带烟丝来……
再见，先生……
谢谢您……您的
故事……
小子，你看到了什么，
是不是？
呃，我……
我就知道！
不过，不管你看到了什么，千万不要告诉任何人，保守你的秘密，哪怕这样做很难……你听见了吗？因为别人居心叵测，如果你告诉了他们，他们会把你当成疯子……你最终会落得孤身一人……
可我……
相、信、我！
走了，皮埃尔，
快点儿！

嘘……
这个老泰斯提斯啊，越来越不正常了……一直翻来覆去地讲他那个故事……算他运气好，我有一颗善心，也就我还继续来看他……
他一直都是……这样一个人过吗？
克里斯蒂昂，那天晚上，我……我手上有没有拿着一个黑色的笔记本？
不是，他有过女人……他们甚至还生了儿子。嗨，那是很久以前的事了。我都不知道他们是否还在世……
笔记本？没有，只有那个打火机，我还给你了……
哎，皮埃尔，你要去哪儿？
去酒店。我得去取我的行李……

HÔTE*
25
PLEASE DO NOT DISTURB**
笃
笃
找谁？
您好！对不起，我……这个房间以前是……
你是要找一个笔记本吗？
是呀，您见到了？
没有！不过你是第二个来问我的人了！现在，对不起，我要休息了！
第二个人？可是……

* 酒店

** 请勿打扰

啊，先生，您回来了。
我们都很担心呢。
呃……是呀，对不起，
我……有急事……
我们不得不把您的房间租出去了，现在正值旺季，请您理解……而且很抱歉，我们现在没有空房了……
那我的行李呢，你们怎么处置的？
我们把您的行李收进衣物柜里了……
请跟我来。
这是钥匙。
在第52号柜。
我房间里的东西都被收到这里了吗？
是的，
少了什么吗？
一个笔记本……没有人送东西到前台来吗？

怎么样，东西都拿回来了？
是，除了我的笔记本……
你不在的时候有个人来找你，就是开保时捷的那个家伙，你还记得吗，那个法国人……
谁？瓦勒雷？
是。你认识他？
我在温泉浴场见过他。可是，他来这儿做什么？他又怎么会知道我住在这儿？
不清楚……他说要向你道歉，还想跟你谈谈，说是要谈什么画……
怎么？你又要出去？！
我得去一趟温泉浴场，我可能是把笔记本落在那里了！
非要在这个时候去？！

女士们，先生们，我们的温泉
浴场即将关门，请有序退场。

扑通

?!
WHHAAA
啊啊
SLASHHH
ZZZSPROOOFF
咕噜噜
你是疯了还是怎么的？！
你是谁？
在这儿做什么？
呃，我……没事。打扰了。
等等！
我认识你……
你就是那天在前台滑倒的那个人！你不能留在这里，浴场已经关门了……
是吗？！那你呢，你就可以留下来了？！
好吧，你赢了。这里没有人，你不在，我也不在！

* 法语中的“皮埃尔”（Pierre）与“石头”写法相同。

走吧，我们得离开这儿了，很快就会有人来清理浴池了……
哦，是吗？好！
喂，你能把你身后的浴巾递给我吗？
给……什么？
浴巾，在你身后！
哦，对……对不起，给……
谢谢。
呃……你……我……
你晚上有什么安排？
我去酒吧见朋友，你要不要一起来？
我本来打算回去……我住在一个农……
呃……好……为什么不呢？

你全年都住在这儿？
不是，我只在旺季来工作，平时住在苏黎世，是学语言的。你呢？
我住在巴黎，是学……那个，以前是学建筑的……
对了，我怕忘了，先把这个还给你：那天你在前台滑倒的时候，口袋里掉出来的。
不，谢谢，我不抽烟。
?
哦，我已经完全把它给忘了。
话说，这是什么东西呀？
什么都不是，就是一块小石头。那天火车快进站的时候，它从窗口飞了进来……
对了，你听说过泰斯提斯吗？
泰斯提斯，那个老疯子？到处跟人说大山每一百年就裂开一次的那个？
这么说，你不信喽？
嗨，当然不信！
可是……你跟他见过面吗？
没见过，他从不下山进村，更不会来温泉浴场。我都不知道他住在哪儿，大概是住在山洞里吧……

倒也差不多，他住在牧场上面的一个小木屋里。我今天才去过……
哦，你说的小屋在哪儿？
呃……等等，我找找方向……离浴场不远……
是了，没错：就在那边，得沿着那条路开车上去，然后走路穿过牧场……
翁蒂娜？！
翁蒂娜！！
TCHONG
通
翁蒂娜？
喵呜

BOUH
吓
啊！！
CHOC
呜啊！
CRAC
咔嚓
糟糕！
AHAAHHHH
皮埃尔？！

没事吧？
嗯……
你为什么要这样做？
哈哈……我也不知道，开玩笑呗，
你犯不着这么严肃……
好，很好笑。只是
我差点儿把尾骨摔断了。
好啦，对不起，
行了吧？快上来吧。
走啦，我们
已经迟到啦……
喂，你愿意……我们……
去吃点东西好吗？
我跟你说了，我得去
见朋友。你瞧着吧，
他们很酷的！
好吧……反正我
也不是很饿……

各位，晚上好！
你好，你可来得够晚的！
嗯，路上耽搁了……
都到了吗？
到了，他们都在后面呢。
晚上好！
翁蒂娜，都几点啦？
我们没等你，
先开始了。
嗯，对不起……我带了个人来，
路上出了点事儿……
这俩人在路上
能出什么事儿呢？
马特，呵呵！
皮埃尔，我给你介绍：
马特、克莉奥、丽莎
和她男友克里斯托弗。

各位朋友，这位是皮埃尔，法国人。
马特拥有世上最高级的幽默感……你要啤酒吗？
呃……好的……
法国人……哦，那我就明白了……
来，皮埃尔，坐这里！我是克里斯托弗。
多谢，克里斯托弗。
给你……酒吧送的。
谢谢。
好，咱们重新开始？皮埃尔，你会玩扑克吗？

呃……算是会吧……
可是我身上没带钱……
啊，没钱——朋友们，
你们知道该怎么办了吧？！
过分了啊，马特！
要的，翁蒂娜，
这是规矩……
唉，好吧。
你们在说
什么呢？
这里有个规矩：我们可以给你提供
赌本，不过有个条件，那就是
你也得给我们点什么……
什么叫我"给你们
点什么"？
做点儿什么，给我们个惊喜……好玩的
笑话、令人恶心的鬼脸、生猛的
奇闻异事……
或者托马
斯回旋……

嗯……好！
我借用一下这些……
嘿哦！！

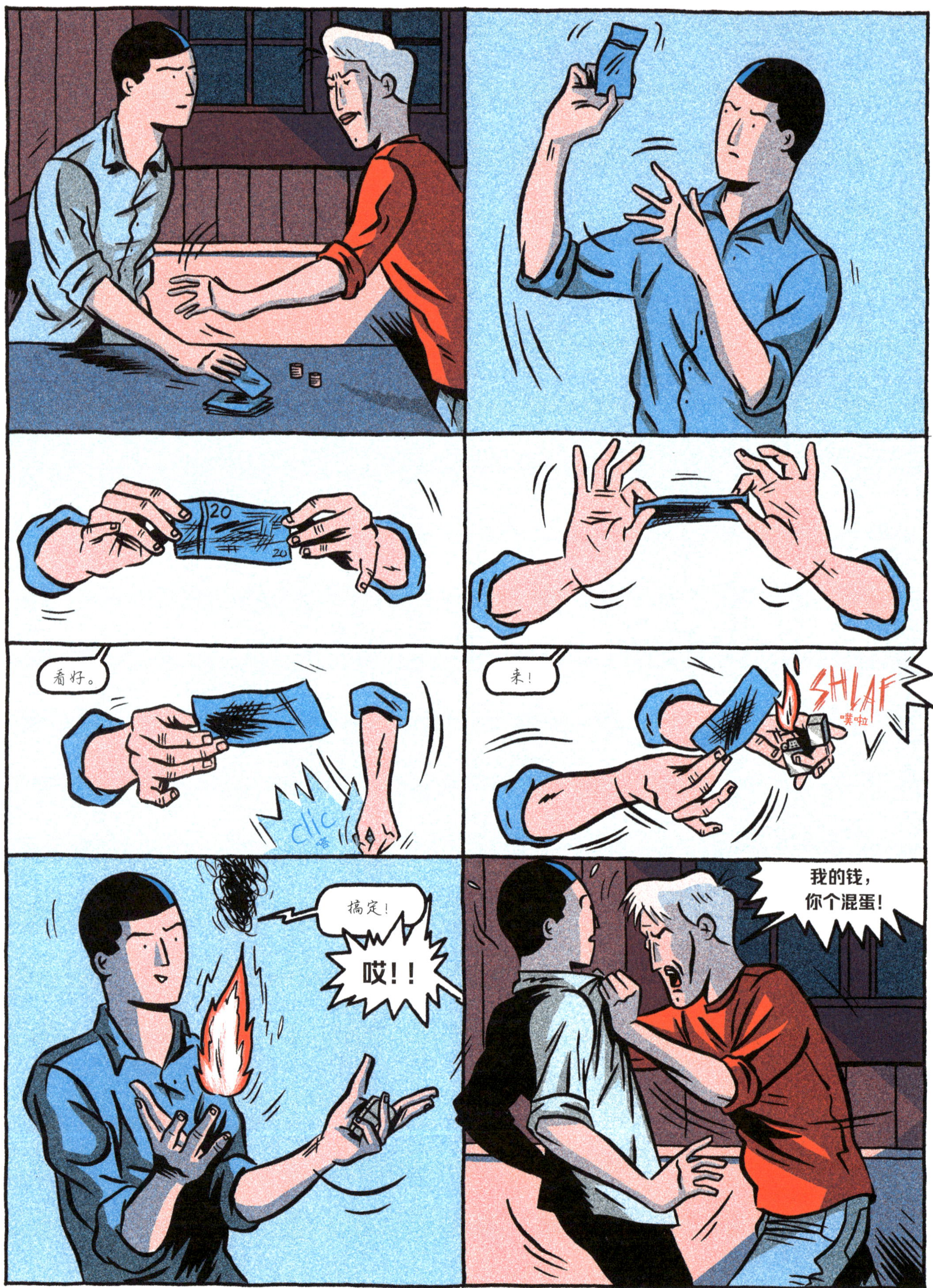

20
20
看好。
clic
嗒
来!
SHLAF
噗啦
搞定!
哎!!
我的钱,
你个混蛋!

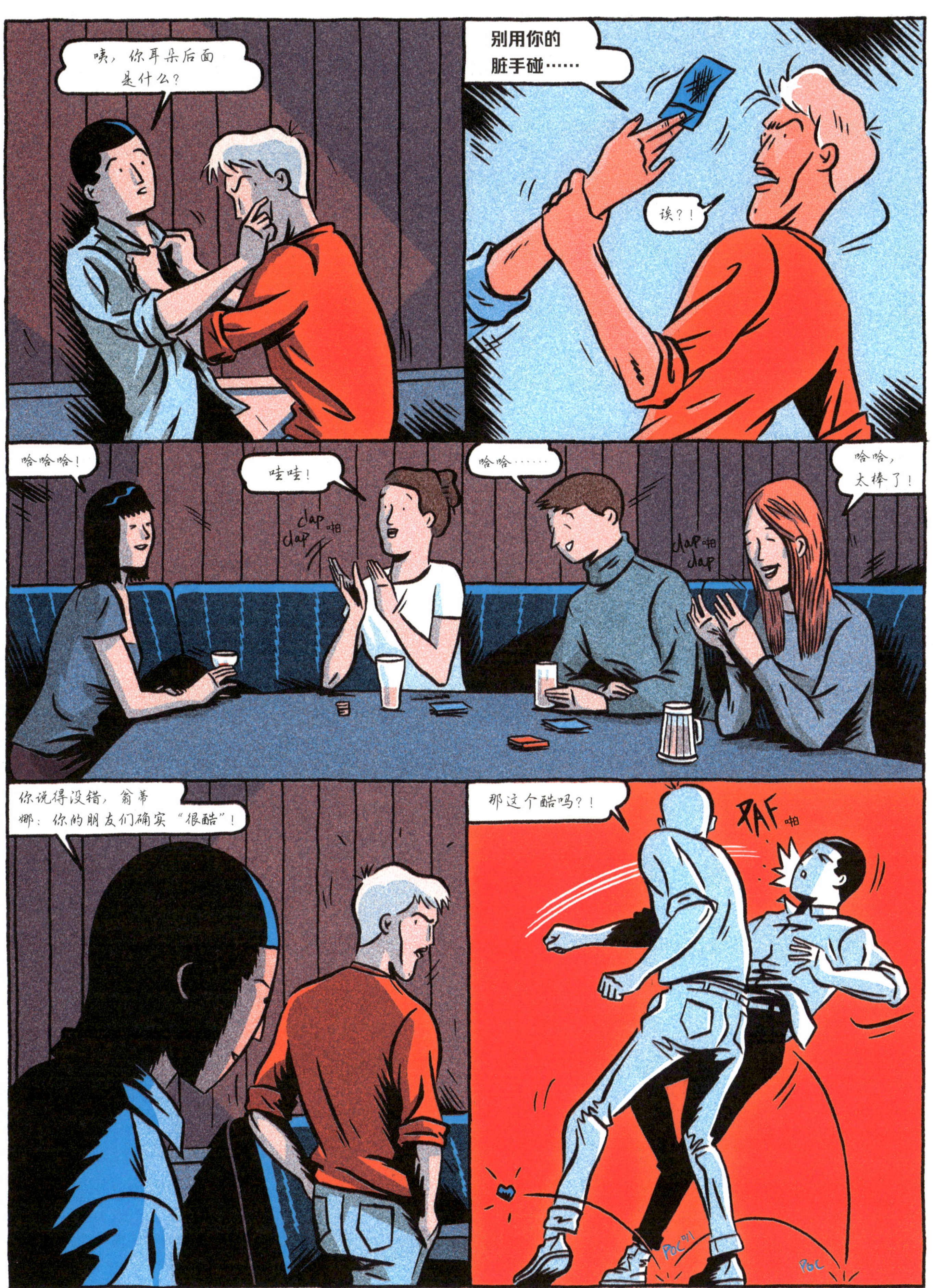
咦，你耳朵后面是什么？
别用你的脏手碰……
诶？！
哈哈哈！
哇哇！
clap clap 啪
哈哈……
哈哈，太棒了！
clap clap 啪
你说得没错，翁蒂娜：你的朋友们确实"很酷"！
那这个酷吗？！
PAF 啪
POC 叫
POC

见鬼，马特，你发什么疯？！
你没事吧？
PAF
哎呦！

好啊，翁蒂娜……
你的新男友可真行！
翁蒂娜！

嗯，我看出来了——你喜欢待在地上。
见鬼，他下手真狠！
不过话说回来，他挨的那一下也不轻，你听了会不会……
好啦。你得在伤口肿起来之前消消炎。走吧，我住得离这儿不远！

等等……
给我……我来。
我说……那块……那块石头是怎么回事？
呃……它从我兜里掉了出来……我捡起来，顺手就扔了过去……我那时候正在气头上……
嗯……
如果你喜欢，就留着吧……
留什么？
石头……

我可以抽支烟吗？
随你便，我可要去睡了，明天一早还要去上班呢。
给你，毛毯，你就在沙发上凑合一宿吧……
谢谢。
晚安。
晚安。
SHLAF
嚓啦

嗒

你在做什么？
我在看它呢。
它？谁？
大山……它在黑色的天幕上轮廓毕现，就好像山体本身在发光……
它仿佛……仿佛是有生命的……
你为什么在这儿？
我为什么在这儿？
对，为什么？你来这里不只是为了旅游，你不像其他人一样去泡温泉，去滑雪，去消费……
我来这里是为了……其实，我也不很清楚。我知道这个温泉浴场已经很久了，我把它翻来覆去地研究过，我查阅了无数资料……
我把它画了上千遍，从不感到厌倦，就好像……我渴望它胜于一切……就好像我是被它吸过来的……
你恐怕认为我疯了吧……
不，你接着说下去。

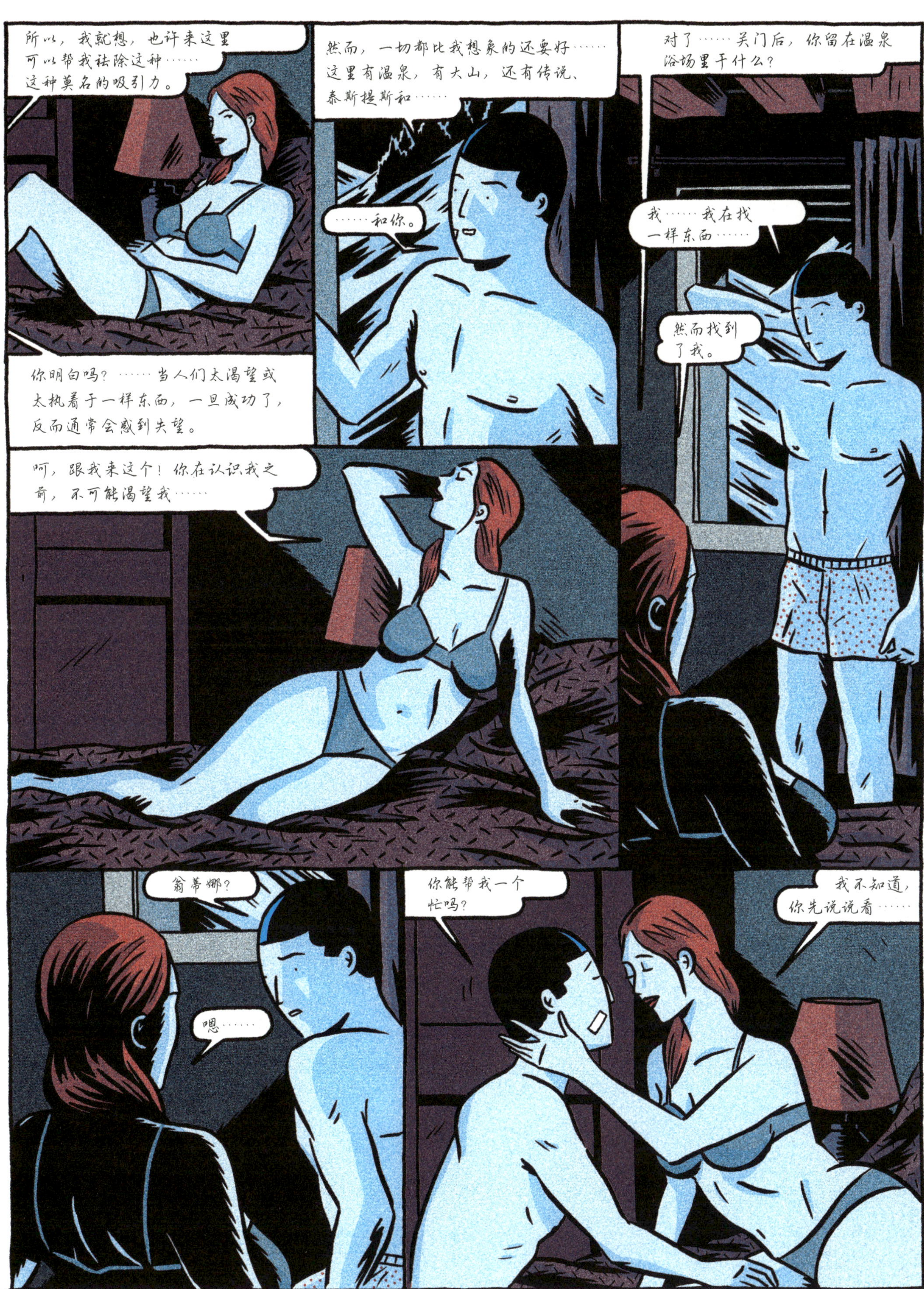
所以，我就想，也许来这里
可以帮我祛除这种……
这种莫名的吸引力。
你明白吗？……当人们太渴望或
太执着于一样东西，一旦成功了，
反而通常会感到失望。
然而，一切都比我想象的还要好……
这里有温泉，有大山，还有传说、
泰斯提斯和……
……和你。
对了……关门后，你留在温泉
浴场里干什么？
我……我在找
一样东西……
然而找到
了我。
呵，跟我来这个！你在认识我之
前，不可能渴望我……
翁蒂娜？
嗯……
你能帮我一个
忙吗？
我不知道，
你先说说看……

clic
好，你都记住了……
他们两个小时之后会来给浴场注水，你可别被抓住！
放心！谢谢你，翁蒂娜。

不要!
不，不……

WHOOGAA
唔……啊

能找到笔记本
太好了！今天晚
上我们在这儿见？
6点？走的时候
把门关上！
翁蒂娜

Hotel thermes
对不起，先生，
我可以帮到您吗？
呃……对不起，我找瓦勒雷先生，
他是这里的客人……
先生？！
您说的是瓦勒雷？
稍等，我查一下……
是有位瓦勒雷，住105
房，我看看他在
不在……

啊，我看到他把钥匙留下了，这也就是说他出去了……您要给他留言吗？
104
105
呃，不了，不用留言……
天哪，我太不小心了！对不起。
我待会儿再来……
哎呀！
PAF
请您让一下……
好，对不起……
好了，没问题了，先生……
这是常有的事，您不用担心。我来打扫。
先生？

* 瓦尔斯温泉浴场

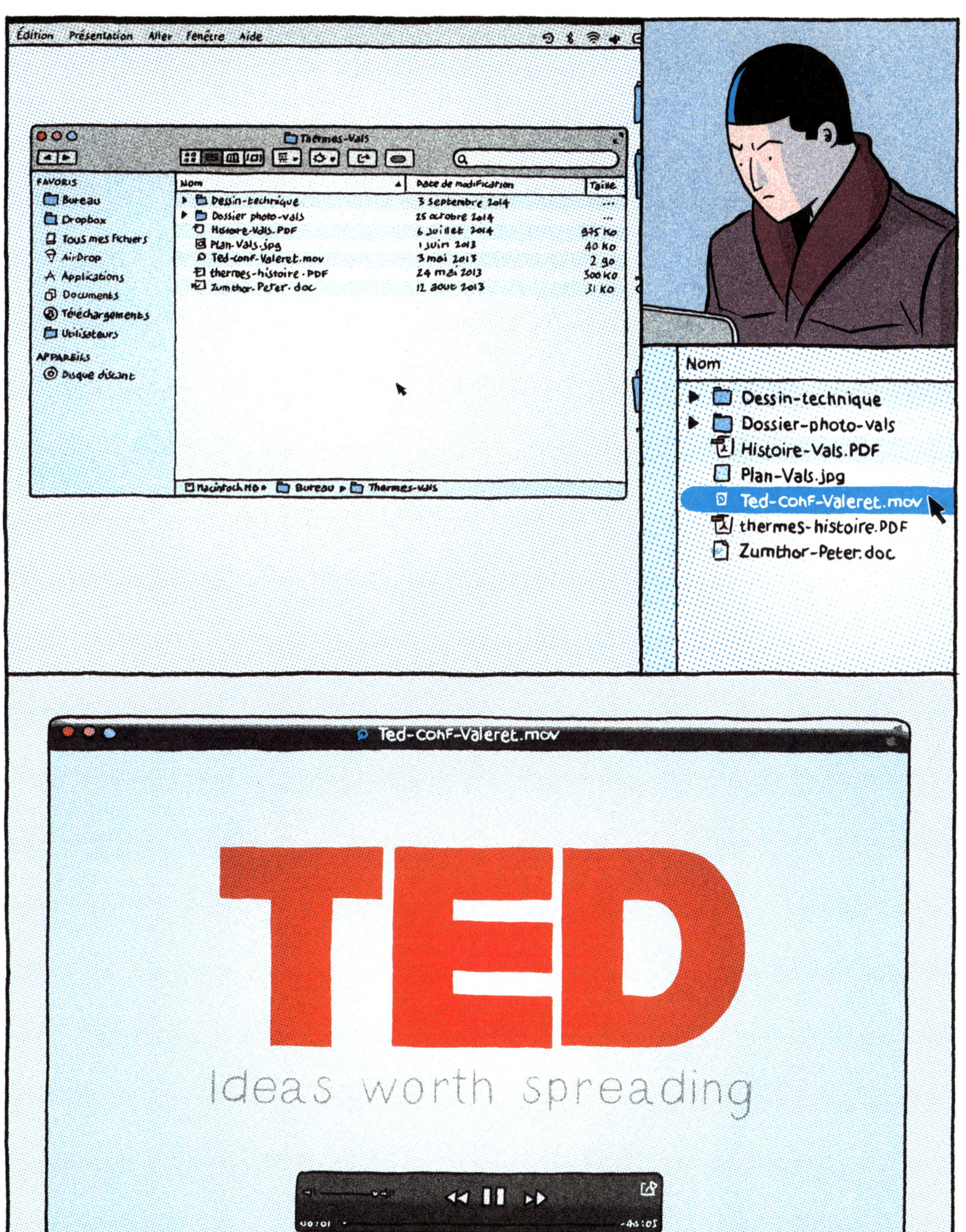

Édition Présentation Aller Fenêtre Aide
Thermes-Vals
FAVORIS
Bureau
Dropbox
Tous mes fichiers
AirDrop
Applications
Documents
Téléchargements
Utilisateurs
APPAREILS
Disque distant
Nom
Date de modification
Taille
Dessin-technique 3 septembre 2014
Dossier photo-vals 25 octobre 2014
Histoire-Vals.PDF 6 juillet 2014 975 Ko
Plan-Vals.jpg 1 juin 2013 40 Ko
Ted-conf-Valeret.mov 3 mai 2013 2 go
thermes-histoire.PDF 24 mai 2013 300 Ko
Zumthor-Peter.doc 12 août 2013 31 Ko
Macintosh HD ▸ Bureau ▸ Thermes-Vals
Nom
Dessin-technique
Dossier-photo-vals
Histoire-Vals.PDF
Plan-Vals.jpg
Ted-conf-Valeret.mov
thermes-histoire.PDF
Zumthor-Peter.doc
Ted-conf-Valeret.mov
TED
ideas worth spreading
00:01
-44:05

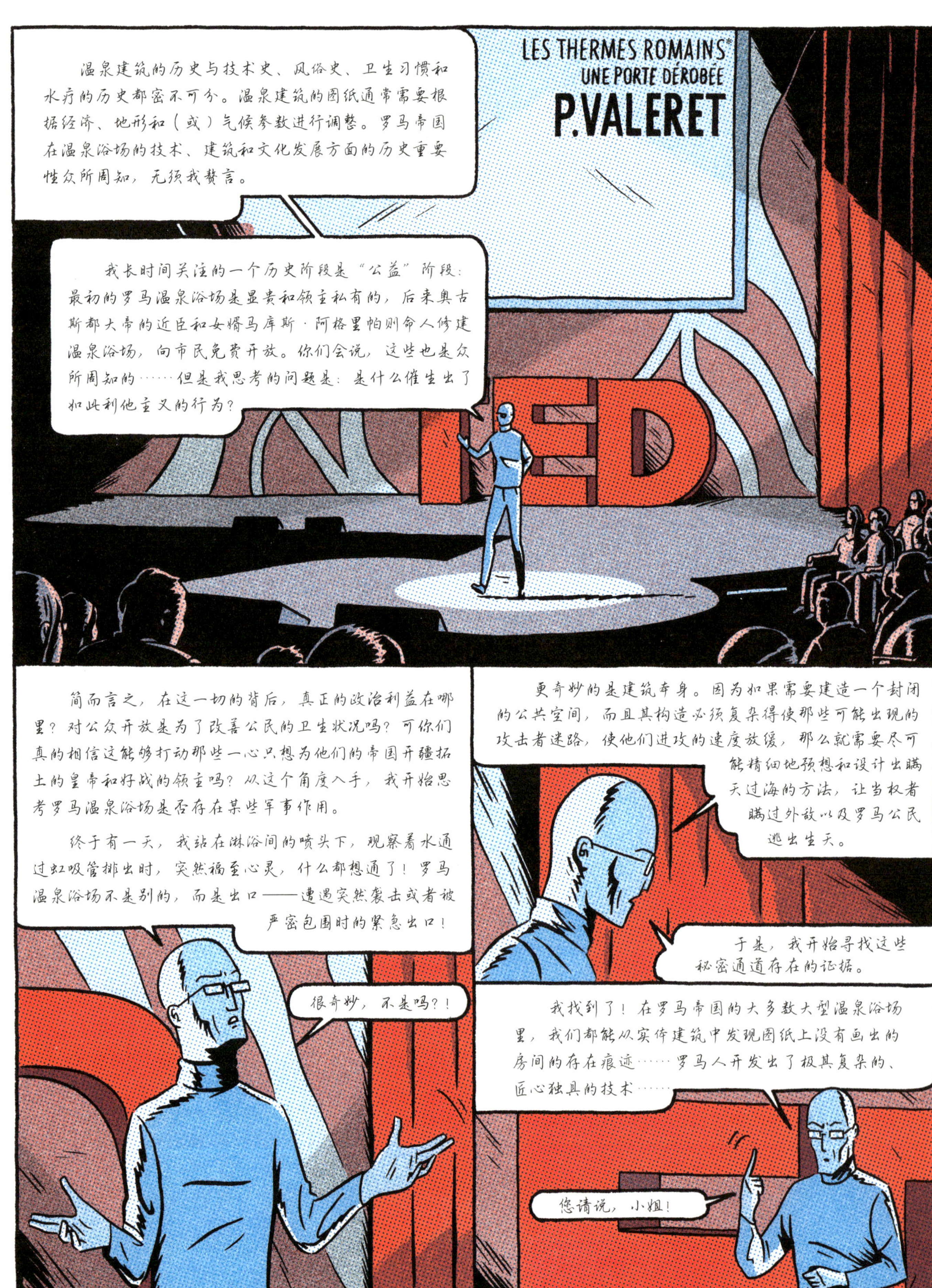

* 罗马温泉浴场　暗门　菲·瓦勒雷

嗯，您好，我想知道在您看来，这一理论只适用于古罗马温泉浴场，还是您在近代的建筑中也找到了“隐秘房间”的痕迹？
没有，我的这一理论当然只适用于古代罗马的温泉浴场，因为在……
TED
不好意思，瓦勒雷先生，我想说，您错了……
在瓦尔斯，有个传说提到一条可以直达大山心脏的通道。据说这条通道的入口每一百年打开一次，而且……
您在给我讲一个超自然的奇谈，而我研究的是严肃的事实，先生！我非常怀疑一座建于1996年的建筑可以……
事实？有！瓦勒雷先生，它们远在彼得·卒姆托的设计之前就存在了。1914年有个人在瓦尔斯消失了，他是个法国士兵……
您……到底在说什么？您叫什么名字？
哼，岂有此理！
啊！！
钥匙怎么可能说不见就不见了？
很抱歉，瓦勒雷先生，我们这里第一次发生这种事情。
clic

?!
皮埃尔?!
不要跑!
您疯了?!!
AAAAAHHHHH
SPLAFF
扑通
唉，小兔崽子!!
哎呦!
皮埃尔!
没事吧，年轻人?

好啦，别再做幼稚的事了！
这小子，不会吧！
混账！
HUMPH
AH
啊
啪
SPAF
好呀……
跑吧，皮埃尔，跑吧……
但我迟早会抓住你的……

叮
SHPLAF
扑通
?
SNIF 咻
SNIF 咻
又是你，孩子！
我不是跟你说过别碰那些石头吗！
泰斯提斯！

嗯，是，可是……
哈哈哈哈！我就知道！！哈哈！！
我不是疯子！！哈哈哈哈！！！
那是真的！
哈哈哈！

我不是……
咳咳咳
咳咳咳
咳咳咳
啊噗！
呜呜！
泰斯提斯！！
?!
FFFFF
FFF
FFFF
FFFFF
FFF

皮埃尔？
天哪！这是……出了什么事？！
该死！完了，房东一定会杀了我的！
他知道。
他知道……他在找我……他在找我的笔记本。现在，他知道我知道了他知道的。他想知道我知道而他还没有发现的……他……
“他”是谁？冷静一下，你说的我一句也听不懂！
你一句也听不懂？！都是明摆着的！他来过这里，来找我的笔记本……他想知道！！
但是我什么也不会告诉他！泰斯提斯提醒过我！如果我说了，他们就会把我当成疯子！就像他一样！可是他没有疯。现在他死了！我亲眼看见的！他就死在我面前！
这一切都是因为瓦勒雷！

现在这样，你明白了吧，嗯?!
这家伙很危险!
他有枪!
皮埃尔，别说了，你吓着我了!
哦，我吓着你了……你不相信我……
可你明明看到了！那块石头，那天晚上，你不是看得很清楚吗?!
我……我不知道我看……一切都发生得那么快……我……
没错！非常快!
你弄疼我了，放手!
那块石头……我没有扔！是它自己……飞了过去！我知道你看见了。
岩石、大山、建筑，都在动，翁蒂娜，它们……是活的！泰斯提斯1914年看到的就是这个景象，今天，我想，是我……
翁蒂娜，我必须回去。
今晚帮我进入温泉浴场……
我要弄清楚!
我不认为这是个好主意，皮埃尔，你现在的情绪很不稳定……
你一定要帮我最后一次。以后我再也不会麻烦你了……我会离开的……

你确定了吗？真的不用
我陪你进去吗？
不用，
我必须一个人去！！
那好吧……不过，我就待在
附近，以防万一……好吧？
来吧老兄，
集中精神！
?!

这么说，皮埃尔，
您还要继续我们的
捉迷藏游戏？！
见鬼，瓦勒雷！
PAF
行了，皮埃尔，
您跑来跑去的，还没跑够吗？
唉，好吧……既然您想玩，
那我就陪您玩玩，我会数到
10……
1，
2，

3，
4，
5，
6，
7，
见鬼……
是条死路！
8，
快，该死的，
快打开！！
9，
……10！
您看，皮埃尔，
我早就提醒过
您……
请您相信，事情发展成如今这
模样，我也很遗憾……可您没
有给我任何选择的余地……
……我迟早会抓住您的……
您……您到底想要我怎样？
为什么跟踪我？
好了，皮埃尔……您来到这里，
一副神秘兮兮的样子，还有您的理论、您
的图纸以及夜里的闲逛，您以为我都看不
到吗？我们两人都知道这个建筑隐藏着秘
密……可是因为一个我不知道的原因，这
秘密对我严防死守，对您却只是半遮半掩。
这是我全部研究的终极结果，我不允许另
一个盗窃犯利用这一发现……
理智一些吧，皮埃尔，我们两个被困
在这里，我用手枪指着您……现在
是开口说话的时候了……

我必须知道，告诉我吧，皮埃尔……
不！瓦勒雷先生，这次还不行！
嗒
皮埃尔，
您在做什么？！
砰

嘿！来这边，伙计们，
我看到一点东西！
见鬼，把灯打开！
什么也看不清……
先生，您还好吗？您没受伤吧？
您……您是什么人？发生了什么事？

过来帮忙，他有点神志不清了……
你们是谁？
我们是警察，先生。我们现在就扶您出去……
皮埃尔呢？
POLIZEI
POLIZEI
混蛋，你快告诉我他在哪儿！
什么？谁？
小姐请让开，您也看到了，他现在的状态很不正常！
你们开玩笑呢？这家伙入室抢劫了我的公寓！
好嘞，都别搭理我！
?!

帮我最后一
个忙，好吗？
谢谢
哈拉里先生
圣安托万街69号
巴黎，75004
法国

翁蒂娜帮了皮埃尔最后一个忙。我父亲收到了邮件，但没有把内容当成一回事，很快就抛诸脑后了。他只是匆匆翻阅了一遍，然后就把它压在一堆信件、发票和其他文件的下面。有一天我偶尔问起皮埃尔，他跟我谈到了那本笔记本。

那是皮埃尔关于温泉浴场的各种图纸、速写、分析和理论的大杂烩，里面还详细记录了他在瓦尔斯的旅行。这一切都格外引起我的兴趣，可能是它们与我自己见识彼得·卒姆托建筑时的记忆遥相呼应吧。于是，我试着尽可能忠实地转录这场特殊经历的每一个细节，哪怕有些事件看上去令人难以置信，我也照录不误。我联系上了翁蒂娜，她确认了皮埃尔所讲的与她相关的部分。我多次尝试联系瓦勒雷，却始终未果。至于皮埃尔，我在瓦尔斯和巴黎都寻找过他，但始终没有得到他的任何音讯。

* 磁

全书完